AF498051

J. B. TOUQUET

A

Et.-Ant. DE BOULOGNE.

DE L'IMPRIMERIE D'ABEL LANOE, RUE DE LA HARPE.

LETTRE

DE

M. TOUQUET,

ÉDITEUR DE LA CHARTE CONSTITUTIONNELLE,

etc., etc., etc.;

A SA GRANDEUR

MGR L'ÉVÊQUE DE TROYES,

ET.-ANT. DE BOULOGNE,

ARCHEVÊQUE ÉLU DE VIENNE,

EN RÉPONSE A SON INSTRUCTION PASTORALE CONTRE LES ÉDITIONS
DES OEUVRES COMPLÈTES DE VOLTAIRE ET DE J.-J. ROUSSEAU.

> Pourquoi faut-il, Monseigneur, que j'aie quelque
> chose à vous dire? Quelle langue commune pou-
> vons-nous parler? Comment pouvons-nous nous
> entendre? Et qu'y a-t-il entre vous et moi?
> (*J. J. Rousseau à Chr. de Beaumont.*)

PARIS.

CHEZ L'AUTEUR, RUE DE LA HUCHETTE, N° 18;

Et au Dépôt des Éditions-Touquet,

CHEZ GAUTHIER, GALERIE DE BOIS, N° 197, PALAIS-ROYAL.

1821.

LETTRE

DE

M. TOUQUET,

ÉDITEUR DE LA CHARTE CONSTITUTIONNELLE,
etc., etc., etc ;

A SA GRANDEUR
MGR. L'ÉVÊQUE DE TROYES,
ET.-ANT. DE BOULOGNE,
ARCHEVÊQUE ÉLU DE VIENNE,

EN RÉPONSE A SON INSTRUCTION PASTORALE CONTRE LES ÉDITIONS
DES ŒUVRES COMPLÈTES DE VOLTAIRE ET DE J.-J. ROUSSEAU.

> Pourquoi faut-il, Monseigneur, que j'aie quelque
> chose à vous dire ? Quelle langue commune pou-
> vons-nous parler ? Comment pouvons-nous nous
> entendre ? Et qu'y a-t-il entre vous et moi ?
> (*J.-J. Rousseau à Chr. de Beaumont.*)

Je pourrais, MONSEIGNEUR, vous adresser ces
paroles de l'un des deux *génies infernaux*
contre lesquels vous venez de fulminer ; mais
je n'en ferai rien. Peut-être avons-nous, jusqu'à un certain point, une langue commune
à parler, et sommes-nous moins loin de nous

entendre qu'on ne le penserait. Quant à ce qu'il peut y avoir entre VOTRE GRANDEUR et moi, MONSEIGNEUR, je suis trop persuadé de votre indulgence et de votre charité chrétiennes, pour croire qu'il y ait de votre côté la moindre haine, le moindre fiel ; du mien, il existe le plus profond respect, la plus haute vénération pour VOTRE GRANDEUR.

Comment pourrions-nous, en effet, nous plaindre l'un de l'autre ? Mes éditions donnent lieu de composer d'éloquens mandemens, et les mandemens ne peuvent que donner de la publicité et des acheteurs à mes éditions. Les mandemens sont aux livres ce que la persécution est à la foi : ils les propagent et les font rechercher. Plus on lancera de foudres contre ROUSSEAU et VOLTAIRE, plus ces grands hommes auront de lecteurs. Les incrédules diront : *On les proscrit, parce qu'on ne peut les réfuter.* Les fidèles diront : *lisons les, car nous sommes curieux de savoir à quel point l'impiété a déraisonné, et s'est menti à elle-même.* Les incertains diront : *voyons donc : il faut bien qu'il y ait quelque chose d'extraordinaire dans les livres de ces hommes, puisqu'on en dit tant de mal, et qu'on paraît tant les craindre.*

Vous vous attendiez, MONSEIGNEUR, à des

invectives de ma part, et vous n'aurez que des remercîmens.

Cependant il faut avouer que vous êtes loin de m'avoir traité avec les ménagemens que vous imposent vos hautes fonctions pastorales, et dont l'Évangile vous fait un devoir. Ne pourrais-je pas me plaindre justement des accusations qui viennent se placer si légèrement sous la plume de Votre Grandeur?

« *ANATHÈME*, dites-vous, à ces propa- « gateurs des Œuvres *complètes*, qui préten- « dent que la loi est la règle de tout!........ « Anathema sit! » Ah! Monseigneur! comment avez-vous pu vous exprimer avec tant de violence et d'emportement? Comment vous êtes-vous oublié jusqu'à proférer des malédictions au nom d'une religion de paix et d'indulgence, qui vous défend de crier Raca sur votre frère? *Qui autem dixerit fratri suo, Raca, reus erit concilio.* (Matth. ch. v.) Anathema sit! Savez-vous bien, Monseigneur, ce qui arrivait au dixième siècle, lorsqu'un prêtre prononçait ces paroles en désignant du doigt un malheureux? Le troupeau fanatique et superstitieux se levait aussitôt en poussant des hurlemens affreux d'abomination et d'horreur; on éteignait les flambeaux du temple ; on voilait les images ; la victime ne pouvait fuir, assaillie de toutes parts; et l'on avait bientôt trouvé des pierres..... Heureusement nous ne sommes plus au dixième siècle!

Si j'avais quelque chose à retrancher de votre Mandement, MONSEIGNEUR, j'en ôterais votre ANATHÈME ; cela seul suffit pour gâter ce long morceau d'éloquence. On n'aime point voir le zèle prendre le langage de la passion et de la colère; les imprécations effarouchent les prosélytes, au lieu de les attirer; et ce n'est pas avec des proscriptions qu'on se fait des partisans. Notre religion, MONSEIGNEUR, respire la douceur et la tolérance. Il est si aisé d'en tenir le langage! cela sied si bien à l'orateur apostolique! et il en tire tant d'avantages! De douces paroles, dit le Sage, multiplient nos amis, et apaisent nos ennemis : un homme de bien parle toujours avec bonté. *Verbum dulce multiplicat amicos et mitigat inimicos : et lingua eucharis in bono homine abundat.* (Ecclesiastic. cap. 6. num. 5.).

Je n'entreprendrai point , MONSEIGNEUR, de défendre VOLTAIRE et ROUSSEAU contre les violentes attaques que VOTRE GRANDEUR a dirigées contre eux : ils se défendront mieux eux-mêmes que je ne pourrais le faire. Je vous laisse les appeler à votre aise *les deux plus grands corrupteurs qu'ait jamais eus l'espèce humaine*, ou des *citernes ruinées qui ne peuvent contenir l'eau*, et des *bourbiers infects d'où s'exhale une odeur de mort*, ou des *races de vipères*, des *sépulcres blanchis*, des *réservoirs fétides*, des *nuées sans eau*, des *arbres deux fois morts....* Je laisse de côté l'immense appareil métaphorique qui distingue votre éloquence, et qui, ainsi que l'énumération prolongée, lui donne un caractère particulier. Je n'ai nullement envie de disputer là-dessus avec vous; c'est assurément fort inutile : vous n'avez pas besoin de texte pour un nouveau mandement: *Non litiges cum homine linguato, et non strues in ignem illius ligna.* (Ecclesiastic. cap. 8. num. 4.).

Je vais me borner seulement, Monseigneur, à suivre quelques-unes de vos plaintes ou de vos inculpations.

Vous dites que votre diocèse est infesté de nos annonces et de nos *funestes prospectus*, multipliés plus que jamais sous mille formes différentes. Eh bien! Monseigneur, répandez un nombre égal d'exemplaires de votre mandement, et tout sera compensé.

« Hélas! qui nous eût dit, il y a trente ans

» (ajoutez-vous) que ces mêmes auteurs, dont les
» personnes étaient flétries par les magistrats, et
» les ouvrages livrés aux flammes par la main
» du bourreau, seraient aujourd'hui réimpri-
» més avec éclat, et reproduits par la main des
» artistes, avec un *luxe d'impiété* dont il n'y a pas
» d'exemple? » Monseigneur, cela doit vous
prouver que les magistrats ont beau flétrir la
personne des grands hommes, ils ne flétrissent
pas pour cela leurs ouvrages, et que le bûcher
du bourreau est pour certains livres comme
celui du phénix ; ils renaissent de leurs cendres,

Encor jeunes de gloire et d'immortalité.

Ennemi déclaré des Œuvres *complètes*, vous
voudriez qu'on se fût borné à faire un choix.
Eh! Monseigneur, quel danger croyez-vous,
de bonne foi, qu'il y ait, pour l'esprit, à lire
ce que vous appelez *des ouvrages bizarres et
incohérens, écrits par des insensés sous la dictée
des plus honteuses passions?* Comment la foi
pourrait-elle être ébranlée par *des sarcasmes
et des épigrammes*, par *des contradictions et
des bévues sans nombre?* Que craignez-vous
d'ouvrages, qui, selon vous, *ne seront jamais
des modèles classiques; dont les auteurs, à
force de porter leur esprit partout, n'ont porté*

leur génie nulle part ; où l'on ne trouve ni la belle éloquence, ni le vrai goût, ni les véritables grâces, ni les pensées véritablement grandes? Vous répondez à cela, MONSEIGNEUR, que la jeunesse peut bien aimer les beaux vers, *mais qu'elle aime bien mieux encore les romans licencieux et les contes obscènes.* Je prendrai hautement la liberté de n'être pas sur ce point de l'avis de VOTRE GRANDEUR. C'était, vous ne l'ignorez pas, la jeunesse de l'ancien régime qui aimait les romans licencieux ; celle d'aujourd'hui se plaît à des lectures plus graves, plus utiles : elle se livre à la recherche de la vérité. Sans doute, il y a dans les *OEuvres complètes* des passages que la pudeur ou la décence peuvent blâmer ; mais la jeunesse d'aujourd'hui sait trop bien les apprécier pour s'en laisser corrompre ; elle sait faire la part de la plaisanterie et celle du raisonnement ; elle distingue les facéties des faits. Enfin, la jeunesse actuelle est digne qu'on lui confie hardiment des *OEuvres complètes,* sans craindre ni pour sa raison, ni pour ses mœurs. C'est assurément le plus bel éloge qu'on en puisse faire : il doit, MONSEIGNEUR, la venger des imputations calomnieuses dont on la noircit quelquefois.

Vous nous parlez, MONSEIGNEUR, *d'homélies fastidieuses jusqu'au dégoût sur le fanatisme.* Il est possible qu'elles soient fastidieuses pour vous; mais plût à Dieu qu'elles eussent chassé de la terre le monstre sanguinaire qu'elles combattent! Le fanatisme! oh! sans doute, vous ne le défendez pas ce délire féroce, qui, sous le masque de la religion, a causé tant de maux à l'humanité, cette aveugle fureur de l'ignorance contre laquelle les Las Casas et les Fénélon se sont élevés avec toute l'autorité de la vertu. Ah! qu'elles seraient dignes de reconnaissance, les homélies qui nous en délivreraient, quand même elles seraient fastidieuses pour quelques personnes! Il est d'autres homélies fort ennuyeuses: mais, ennui pour ennui, ne serait-il pas permis de leur préférer celles qui produiraient tant de bien?

Les trois quarts des OEuvres complètes, dites-vous, *ne sont plus de saison, et n'auront plus d'application et d'à-propos dans l'état actuel des choses.* Hélas! MONSEIGNEUR, malheureusement elles sont encore de saison, et elles le seront tant qu'il existera des intolérans politiques ou religieux.

Vous voulez bien, MONSEIGNEUR, me faire grâce de la *peine de mort* que vous trouvez

(13)

dans une citation. Vous *ne demandez pas*, dites-vous, *la mort du pécheur, mais sa conver-
sion et sa pénitence.* En attendant , vous EX-
COMMUNIEZ, sans rémission, tous mes corres-
pondans et tous mes souscripteurs de votre diocèse. Bon Dieu! qu'arriverait-il donc de moi,
si par malheur j'y étais domicilié?

Vous craignez qu'*en punition du scandale
des éditions complètes, le ciel ne s'irrite de nouveau, et ne nous menace encore du poids de sa
colère.* Je crains aussi la colère céleste, MONSEI-
GNEUR; je crains et j'abhorre les Saint-Barthe-
lemy, les guerres de religion, les dragonades,
les massacres du Midi. Fasse le ciel que ces fléaux
ne reviennent plus affliger les hommes! Et voilà
pourquoi je publie des ŒUVRES COMPLÈTES.

Vous semblez regretter qu'*il n'existe plus
de lois qui punissent les livres non orthodoxes,
comme le plus grand des crimes.* Pourquoi
faut-il, MONSEIGNEUR , que nous soyons au
dix-neuvième siècle ?

Vous nous conseillez d'*aller nous réfugier
dans les bois, et de porter nos presses chez les
sauvages.* Eh! pourquoi ne leur enverrait-on
pas plutôt des prédicateurs et des instructions pastorales ?

Vous dites qu'*il vaudrait mieux réimprimer*

les auteurs du siècle de Louis XIV. Est-ce qu'on ne les réimprime pas aussi ?

Vous voulez déprécier Rousseau et Voltaire, en nous citant leurs inimitiés. Il suffirait donc, pour décréditer la religion, de citer les haines de la Sorbonne et de Port-Royal?

Vous prétendez que *l'église souffre aujourd'hui une sorte de persécution.* Rassurez-vous, Monseigneur, ce n'est plus l'église qui est persécutée aujourd'hui; les temps de Néron et de Dioclétien sont bien loin d'elle.

Selon vous, *la morale va bientôt être persécutée aussi, et nous sommes arrivés à cette fatale époque où tous les principes moraux vont être renversés, où tous les devoirs seront mis en problème, et toutes les vertus au rang des préjugés.* Eh bien ! Monseigneur, citez-nous seulement un seul passage de Voltaire ou de Rousseau, qui soit contraire aux principes de la morale. Nous porteriez - vous le même défi à l'égard de tous les auteurs non philosophes, ou soi-disant religieux? Oh! non, Monseigneur ; vous savez trop bien ce que nous trouverions dans les Lessius, les Sanchez et les Escobar. Que diriez-vous donc, si, au lieu de Voltaire, je réimprimais les Casuistes?

Votre Grandeur paraît faire fort peu de cas du progrès des lumières; elle assure que *le génie français s'abâtardit, que les lettres sont aussi pauvres, aussi dégénérées que la morale ;* elle trouve que *tout atteste parmi nous la stérilité des arts et la pénurie des talens.* Je me garderai bien de souscrire à ce jugement, surtout après avoir lu votre Instruction pastorale. Je vais en transcrire un passage : « Pour avoir embelli » nos édifices publics, les pauvres en sont-ils » mieux logés et mieux nourris dans leurs tristes » demeures ? Pour avoir fait quelques réformes » dans nos prisons, les détenus en sont-ils moins » vicieux, et leur nombre en est-il moins » grand? Et parce que nous avons multiplié » nos muséum et nos lycées, la jeunesse en » est-elle moins licencieuse, moins impatiente » de tout frein, et moins prête à s'affranchir » tout à-la-fois et de l'autorité des pères et » de l'autorité de Dieu? » J'ai déjà répondu, Monseigneur, aux accusations sur la jeunesse; quant au reste, il s'ensuivrait que les réformes sont inutiles. Cependant vous devez savoir, Monseigneur, que le pays de l'Europe où le peuple a le plus d'instruction, l'Ecosse, est celui où il se commet le moins de crimes. Laissez s'instruire le peuple de la France, et le nombre des détenus diminuera; laissez améliorer le régime des prisons, et l'on parviendra à rendre à la vertu des hommes en guerre avec la société, qui, sous l'ancien régime, étaient endurcis dans le vice par la peine elle-même. Mais, je vous le demande, Monseigneur, est-ce la faute de Rousseau ou de Voltaire si les pauvres ne sont ni bien logés ni bien nourris? Il est vrai qu'ils ne gagnent rien à ce qu'on embellisse les édifices publics, fût-ce même les palais épiscopaux ; mais à qui s'en prendre? Au lieu d'ériger trente nouveaux évêchés, peut-être eût-on mieux fait de doter les bons curés des campagnes, véritables consolateurs du pauvre et distributeurs-nés des aumônes nationales. Je suis persuadé, Monseigneur, que vous êtes là-dessus de mon avis.

Quelquefois, dérogeant à la gravité de son ministère, Votre Grandeur daigne descendre au style de la plaisanterie, comme lorsqu'elle dit : « Certes, pour avoir perfectionné quel-
« ques instrumens d'optique, y voyons-nous
» plus clair dans la science de nos devoirs? »
Ou lorsqu'elle dit ailleurs : « Sauvez-vous de
» ce nouveau déluge de livres, qui finira bien-
» tôt par la submersion totale de l'esprit hu-

» main. » Pour suivre votre métaphore : si nous devons craindre un pareil déluge, une Instruction pastorale sera apparemment l'Arche de Noé; je souhaite que l'esprit humain trouve à s'y loger. Mais on aurait beau perfectionner tous les instrumens d'optique, il est vraisemblable que certaines gens n'y verront jamais plus clair pour cela.

Monseigneur, permettez-moi de vous le dire : Vous vous plaignez à tort qu'on veuille interdire aux premiers ministres de la religion le droit de condamner les livres qui ne leur conviennent pas. Ce serait une ridicule et intolérable prétention. Vous pouvez blâmer tout à votre aise les ouvrages que nous réimprimons; et les lois nous laissent parfaitement, jusqu'à présent, le droit de les réimprimer. Vous avez la faculté d'excommunier vos diocésains; mais les excommunications, sous un régime constitutionnel, ne peuvent entraver en rien l'action des lois, ni troubler les citoyens dans la jouissance de leurs droits et l'exercice de leur industrie, ni empêcher un commerce important de prospérer. La Charte, Monseigneur (dont mes éditions sont peut-être parvenues jusqu'à Votre Grandeur), la Charte a consacré le principe de la liberté de

la presse. Les ministres des autels sont autori-
sés par elle à publier leurs Instructions pastorales , comme les libraires à imprimer les écrits
des philosophes. Je pourrais répéter ici les paroles du grand roi que vous semblez vous plaire
à citer : *Il a fait son devoir, faisons le nôtre.*

Je passe, MONSEIGNEUR, à ce qui me paraît
former le fond de votre *Instruction pastorale*,
à la pensée qui s'y reproduit le plus souvent.
J'y rencontre à chaque page le désir d'*une*
CENSURE *pour les livres, et même pour les livres anciens.* Vos anathèmes sur les réimpressions sont toujours placés à côté de vos regrets
sur l'absence ou l'insuffisance des lois. Il serait
difficile de ne pas voir manifestement que vous
appelez de vos vœux une loi sévère qui arrête
à l'instant toutes les publications que vous
n'approuvez pas. Vous semblez même la re-
garder comme prochaine, ou du moins vous
faites pressentir que le temps viendra bientôt
où l'on pourra la proposer avec succès. C'est
probablement le sens que vous avez voulu ca-
cher dans ces paroles mystérieuses : « Nous
» savons qu'il y a un temps pour parler et
» un temps pour se taire.... Nous serons pru-
» dens comme le serpent.... Nous le serons
» pour votre propre bien, pour le triomphe

(19)

» même de la vérité qu'il n'est pas toujours op-
» portun, qu'il serait dangereux peut-être de
» vous rappeler toute entière. Un jour plus
» vif et une lumière trop forte blesseraient
» peut-être vos yeux encore trop malades, et
» vous ne pourriez pas la supporter maintenant.
» Mais nous vous la dirons, quand les *jours*
» *d'erreur seront abrégés...* Il ne nous reste donc
» plus qu'à gémir et prier, attendre avec résigna-
» tion le *moment de la Providence*, et nous en-
» velopper du manteau d'une sage réserve.... »

Ces vœux et ces espérances coïncident mer-
veilleusement avec un bruit qui circule généralement aujourd'hui (1), et qui, sans doute, Mon-
SEIGNEUR, est venu jusqu'à vous. On nous menace
de voir présenter à la prochaine session une loi
plus que répressive sur la presse. Serait-il vrai
que votre Mandement est précurseur d'une mesure législative? Serait-il vrai qu'une attaque
contre ROUSSEAU et VOLTAIRE n'arrive aujour-
d'hui que pour nous préparer à les voir proscrits
de la librairie, et chassés de la circulation? Si,
d'un côté, il est difficile de supposer que le
ministère vienne soumettre à la sanction des
chambres un projet si étrange, et l'on peut dire

____

(1) *Voyez*, p. 42, l'article de la *Quotidienne*, du 21
septembre.

si impolitique, n'est-il pas possible que la prohibition des anciens ouvrages, ou du moins leur assujétissement à une nouvelle censure, ne s'y glisse furtivement? M. le vicomte de Borald n'est-il pas encore député? Et ne se souvient-on pas d'un amendement qui sera fameux dans l'histoire des ressentimens littéraires?

Ainsi voilà donc où nous arriverons! Une espèce de douane rétroactive s'établira sur la pensée. La littérature française, tous les chefs-d'œuvres de nos grands hommes consacrés par le temps et par l'admiration de l'Europe, cette propriété nationale du génie ne nous appartiendra plus. Nous avons la censure pour les vivans; la Sorbonne ressuscitera pour les morts. Les grandes ombres de tout ce qui a illustré la France, viendront comparaître devant quelques docteurs en théologie. Le dix-huitième siècle sera mis au néant. Que dis-je! Croyez-vous que le siècle de Louis XIV, que celui qui l'a précédé, pourront échapper à cette nouvelle inquisition? Rabelais, Montaigne, Charron, Bodin, La Boëtie, pourront-ils être reproduits par la presse? La Bruyère, La Fontaine et Molière, seront-ils respectés en entier par les nouveaux Rhadamanthe? Pascal que M. le comte de

Maistre met à l'*index*, Bossuet qu'il condamne comme libéral, Fénélon qu'une pieuse dame trouve révolutionnaire, seront-ils épargnés ? Et ne sait-on pas que Massillon a été déjà sévèrement régenté par l'*encre rouge* de la censure des journaux ?

Je ne parlerai ni de Bayle, ni de Fontenelle, ni de Montesquieu, ni de Diderot, Duclos, Marmontel, Raynal, d'Alembert et tant d'autres grands hommes qui ont porté la philosophie dans la littérature, et la raison dans la recherche de la vérité. Il est clair qu'aucun d'eux n'aurait l'approbation des théologiens censeurs ; et VOLTAIRE serait, ainsi que ROUSSEAU, placé en tête de l'*index* anti-philosophique.

S'il s'agissait bien réellement d'opter entre la morale ou le véritable esprit religieux et le commerce de la librairie, dont vous paraissez, MONSEIGNEUR, faire fort peu de cas, mais qui produit en France un mouvement de plus de cinquante millions, il est certain qu'il ne faudrait pas hésiter à le sacrifier. Mais c'est bien gratuitement (et je l'ai prouvé) qu'on prétend compromettre la morale dans cette affaire : on sait qu'elle ne périclite pas le moins du monde ; les livres immoraux ne sont pas ceux qu'on réimprime avec succès ; ils tombent d'eux-mêmes, et la conscience nationale en a bientôt fait justice. Ainsi, savez-vous, Monseigneur, quel serait l'effet de la loi? Sans faire aucun bien à la morale, elle ruinerait la librairie et enchaînerait la littérature. Il arriverait ce que nous avons vu dans l'ancien régime, lorsque les livres des philosophes étaient proscrits par la Sorbonne, anathématisés par les archevêques, condamnés par le Parlement, et brûlés au bas du grand escalier : toute l'industrie typographique, qui occupe tant de bras, qui alimente tant de familles, qui ne consomme et ne met en œuvre que des matières premières produites par le sol français ; toute cette industrie, dis-je, irait se réfugier à l'étranger. La Belgique, la Hollande, l'Angleterre, l'Allemagne, la Suisse, recueilleraient notre immense héritage littéraire. L'Espagne elle-même, pays libre aujourd'hui, profiterait d'une occasion de créer chez elle un commerce de librairie ; l'Europe entière s'enrichirait de nos dépouilles. La curiosité pour les livres prohibés ne ferait qu'augmenter ; ils pénétreraient en France par la contrebande ; et les lecteurs français deviendraient malgré eux tributaires de Genève et de Bruxelles, de

Londres et d'Amsterdam. Les besoins de l'esprit sont irrésistibles; il n'est aucune ligne de douanes qu'il ne puisse enfreindre.

En attendant, qu'arrivera-t-il ? Le voici, Monseigneur. Ce que vous appelez notre poison se trouvait disséminé parmi plusieurs livraisons, qui renfermaient de nombreux correctifs : la *Henriade* et le *Siècle de Louis XIV* pouvaient neutraliser, jusqu'à un certain point, l'effet produit par la *Bible expliquée*, ou par *le Dictionnaire philosophique*. Aujourd'hui je me hâte de réunir tous les poisons ensemble ; les souscripteurs vont s'empresser de les avaler tous à-la-fois ; et je leur dirai : *Vous qui voulez du* Voltaire complet, *dépêchez-vous tandis qu'il en est temps encore ; voici le dernier peut-être qui paraîtra de long-temps. Sauvez bien vite quelques parcelles de lumière ; le boisseau approche......*

Vous me saurez peut-être gré, Monseigneur, de n'avoir point cherché à vous mettre en opposition avec vous-même, en comparant votre dernier Mandement avec ceux que vous publiâtes jadis, mandemens dans lesquels vous traitiez fort mal les rois légitimes de l'Europe. Ce n'est point par de tels moyens que je me permettrais de vous combattre; ils sont trop vulgaires. Combien de pieux prélats, en effet, ont encensé l'idole du jour, et l'ont insultée après sa chute! Je sais, MONSEIGNEUR, qu'il est difficile de ne pas payer tribut à l'humaine faiblesse, surtout lorsqu'on possède un talent oratoire tel que le vôtre, et qu'il se présente d'aussi grandes occasions de le montrer.

Maintenant, MONSEIGNEUR, je dois prier VOTRE GRANDEUR d'excuser la liberté que j'ai prise de lui écrire, et surtout de lui adresser des paroles si pleines de franchise. Peut-être, dans les idées du monde et de la cour, ai-je profondément péché contre les bienséances; et les partisans de l'étiquette trouveront fort impertinent à moi, humble et modeste écuacar, d'accoler mon nom à celui d'É- TIENNE DE BOULOGNE, ÉVÊQUE DE TROYES. Mais je suis persuadé que VOTRE GRANDEUR ne pensera pas ainsi : elle a trop d'élévation dans l'esprit pour ne pas se mettre au-dessus de ces petitesses; elle sait d'ailleurs que nous sommes tous égaux aux yeux de la Divinité. Je ne doute point, au contraire, qu'elle ne me sache gré de n'avoir pas employé avec elle le langage obséquieux et mensonger des courtisans.

Je suis, avec le plus profond respect,

MONSEIGNEUR,

DE VOTRE GRANDEUR,

Le très-humble et très-obéissant serviteur ,

Paris, septembre 1821.

P. S. Les Journaux qui ont extrait la plus grande partie de votre *Instruction pastorale*, s'en sont rendus les auxiliaires, en publiant les diatribes les plus virulentes contre moi. Je crois vous faire plaisir, MONSEIGNEUR, en vous en adressant une copie. Vous remarquerez qu'on y rend, comme vous l'avez fait, un hommage éclatant à la partie typographique de mes éditions. Cet hommage a un caractère de vérité d'autant plus précieux, qu'il se trouve placé à côté des plus violentes injures que puisse dicter l'animosité. A ce prix, j'accepte avec reconnaissance tout ce qu'on pourra débiter de semblable.

DRAPEAU BLANC.

DEPUIS quelques mois, les presses de **M.** Touquet ne cessent d'enfanter. Cinq cent mille exemplaires de la Charte à un sou n'ont pu lasser leur inépuisable fécondité (1). A la suite du Répertoire des théâtres (2),

---

(1) Dites donc plutôt, M. Ω., que j'en ai publié près de deux millions.

(2) Le RÉPERTOIRE *complet* du Théâtre Français, le SEUL à la fois *conforme à la représentation et au texte original*, sera composé de 45 vol. *in-12*, avec portraits, etc.—Prix : 81 fr. broch., et 90 fr. cart. — Au 1ᵉʳ janvier, le prix sera de 100 fr. broch., et 120 fr. cart.—On détache le théâtre de chaque auteur.

Cette précieuse collection contient les ouvrages dramatiques restés au théâtre, des écrivains dont les noms suivent :

* P. CORNEILLE	2 vol.	FAVART, DORAT, FORGEOT, BIEVRE, DEZÈDE	1 vol.
RACINE	2	*ROTROU, LONGEPIERRE, GENEST, DUCHÉ, LE FRANC, GUYMOND	1
VOLTAIRE	3	* SEDAINE, BRET, DEMOUSTIER, SÉGUR	1
MOLIÈRE	4	*BOURSAULT, CAMPISTRON	1
REGNARD	1	*LEMIERRE, POINSINET, BLIN, LEFÈVRE	1
TH. CORNEILLE	1	BARON, LAFONTAINE	1
DE BELLOY	1	* PAGAN, LEGRAND	1
CRÉBILLON	1	*CHAMPFORT, DESORGES	1
LA HARPE	1	SCARRON, HAUTEROCHE, PONT DE VEYLE	1
BEAUMARCHAIS	1	*LA FOSSE, LAGRANGE-CHANCEL, HOUDARD-LAMOTTE, GRAFFIGNY, CHATEAUBRUN, COLARDEAU, MONTFLEURY	1
COLIN D'HARLEVILLE	1	GRESSET, GUYOT, COLLÉ, GOLDONI	1
DESTOUCHES	2	* BOISSY, BARTHE	1
MARIVAUX	1	* FABRE D'EGLANTINE	1
DANCOURT	2	* CHÉNIER, LEGOUVÉ	1
DUFRESNY	1		
SAURIN	1		
LA CHAUSSÉE	1		
PIRON, ROCHON DE CHABANNES	2		
BRUEYS, QUINAULT, ALLAIN, D'ALAINVAL	1		
LESAGE, BOINDIN, LAFONT, DESMAHIS, IMBERT	1		
JANOUE, POISSON, SAINT-FOIX, DUVAURE	1		

* Ce signe indique les auteurs dont les ouvrages n'avaient pas été publiés à la fin de septembre. Il a été publié un vol. de *P. Corneille.*

les voilà qui accouchent à la fois de quatre éditions complètes des OEuvres de Voltaire ! Quelle est donc cette ardeur, ce *prurigo* typographique qui s'est emparé tout à coup de M. Touquet ? D'où vient ce zèle brûlant pour la réimpression de certains ouvrages ? Est-ce l'amour du bien public qui le transporte ? Est-ce le désir de contribuer à l'accroissement des lumières du siècle ? Nul doute que ce ne soit ce glorieux motif. M. Touquet ne le dissimule pas ; il veut même que la postérité en soit instruite, et tient son entreprise à si grand honneur, qu'il n'hésite pas à placer son nom à côté de celui des grands écrivains dont il reproduit les ouvrages. Ainsi, le nom de M. Touquet se trouve placé à côté de celui de Voltaire dans les quatre éditions qu'il publie, et l'on dira dorénavant le *Voltaire-Touquet*, comme on disait auparavant le *Voltaire-Beaumarchais*. (1)

Mais, mon cher M. Touquet, qu'a donc votre entreprise qui vous inspire tant d'orgueil ? Les vers de *la Henriade*, de *Zaïre*, de *Mérope*, seront-ils plus brûlans en passant sous vos presses libérales ? La philosophie du grand homme sera-t-elle plus solide et moins impie ? Ses contes auront-ils plus de décence, ses histoires plus de vérité ? En avez-vous supprimé tout ce qui offense la saine raison, tout ce qui révolte la pu-

---

(1) Oui, monsieur du *Drapeau*, on dira et l'on dit même déjà le *Voltaire - Touquet*, et ce n'est pas moi qui l'ai nommé ainsi. Beaumarchais a obtenu cet honneur en rangeant dans un ordre lumineux les œuvres du grand homme ; je l'ai peut-être mérité, de mon côté, en l'imprimant avec soin, et en le livrant au commerce à meilleur marché que qui que ce soit.

deur ? Ferez-vous grâce à vos lecteurs de tous les détails de cette honteuse conspiration contre Dieu, ses temples, ses autels, ses ministres ? Vous voulez servir votre siècle, dites-vous. Eh bien ! c'était de cette manière que vous deviez lui montrer votre zèle.

Mais non, M. Touquet s'en gardera bien. Et n'est-ce pas, en effet, Voltaire impie, Voltaire licencieux, Voltaire violant toutes les lois de la raison et de la décence, qu'un lecteur libéral recherche davantage ? C'est donc un Voltaire tout entier (1) que nous promet M. Touquet, un Voltaire sans voile et dans toute sa honteuse nudité. Ainsi, nul scandale ne sera épargné ; et grâce à M. Touquet et consors, cette studieuse jeunesse, si disposée à prendre les impressions du vice (2), pourra plus facilement se pénétrer des doctrines du grand homme, briser les liens du devoir, et se montrer digne d'entrer dans la noble confrérie du libéralisme.

Mais ce n'est pas tout (et peut-être c'est là ce qui inspire un noble orgueil à l'éditeur du nouveau Voltaire) : M. Touquet se propose d'envahir à la fois toutes les classes de la société ; et comme de grands législateurs lui ont révélé que la société est maintenant

______

(1) On m'a reproché d'avoir fait un VOLTAIRE *incomplet* l'année dernière ; on me reproche aujourd'hui de le donner en entier. Comment dois-je m'y prendre ? Que dois-je retrancher pour plaire à tout le monde ? Il me serait facile de publier un VOLTAIRE tellement épuré que les hommes les plus monarchiques et les plus religieux n'y trouveraient rien à reprendre : je m'y déterminerai, lorsque le *Drapeau blanc* traitera les œuvres *complètes* avec plus d'égards.

(2) Courage ! M. du *Drapeau* ; insultez aussi la jeunesse.

partagée en deux uniques divisions, *la grande et la pe-*
tite Propriété, il s'est hâté aussitôt de faire deux Voltaire, un pour la grande, un autre pour la petite propriété. Je ne puis parler ici que du Voltaire de la
petite Propriété, car il ne m'est pas donné d'atteindre
à la hauteur de la grande ; c'est un privilége réservé
aux pairs du royaume, aux ministres, aux généraux,
aux conseillers d'Etat, aux présidens des cours sou-
veraines, aux électeurs des grands colléges, aux ban-
quiers, financiers, fournisseurs, entrepreneurs. Pour
eux le papier le plus blanc, le papier le plus fin, le
mieux satiné, sera tiré des plus riches fabriques(1); pour
eux seront réservés les honneurs du vélin et le portrait
du grand philosophe, auquel on ajoutera sans doute
celui de M. Touquet avec sa paire de lunettes, em-
blême de ses doubles lumières (2).

La petite Propriété doit se contenter à meilleur
marché. On lui donne le format *in*-12, un papier hon-
nête, des caractères nets, mais pas plus nets qu'il ne
convient à la petite propriété. Cette édition, qui ne
sera que de 2 fr. 50 c. le vol. (3), sera pour les électeurs d'arrondissement, les sous-préfets, les maires
de province, les notaires, les avoués et les écrivains
de la petite littérature, tels que moi ; chaque semaine
ils recevront un volume, et remettront un petit écu à
M. Touquet.

---

(1) *Voyez*, pour le Voltaire *de la grande Propriété*, ci-après,
page 35, *note* 2.

(2) Que le *Drapeau* se moque tant qu'il voudra de mes lunettes,
pourvu qu'il me permette de me moquer de ses lumières.

(3) *Voyez* ci-après, page 35, **note** 1re 2, la rectification de cet -
fausse indication des prix.

Beaumarchais avait fait un *Voltaire des Cuisinières* ;
M. Touquet ne veut point le céder en dignité à Beaumarchais. Il nous promet donc une troisième édition, *le
Voltaire des Chaumières* (1). J'avoue que ce titre m'effraie.
J'ignore ce que contient *le Voltaire des Chaumières* ; je
sais qu'il n'est pas aussi complet que les autres. M. Touquet y a-t-il conservé toutes les impiétés , toutes les
coupables maximes de son auteur? aurait-il eu la
pensée de faire pénétrer le mal jusque sous le toît du
pauvre , de lui ravir les douces consolations qu'il goûte
loin des doctrines désolantes qui troublent le cœur
sous prétexte d'éclairer l'esprit , qui séparent l'homme
du ciel et l'avilissent sous prétexte de l'affranchir•
qui mettent dans son sein la haine , l'envie , le déses-
poir, en lui montrant les idées d'une chimérique éga-
lité ?

Vous êtes , dites-vous , M. Touquet, animé de l'a-
mour du bien public ; vous voulez servir l'humanité et
contribuer à perfectionner le siècle ; mais quels moyens
employez-vous? Ah! si votre jugement était plus sain ,
votre cœur mieux inspiré , ce ne serait pas les œuvres
de Voltaire que vous répandriez dans les chaumières,
ce serait des livres propres à inspirer des sentimens
vertueux, à maintenir l'esprit de paix , de résignation
et de confiance. Vous envoyez *gratis* , à chacun de vos
souscripteurs, un exemplaire de votre Charte ; vous
répétez votre présent à chaque livraison. Voulez-vous
m'écouter un instant : puisque vous éprouvez une si
tendre sollicitude pour le bonheur du peuple , que

____

(1) *Voyez* ci après , page 36 *note* 1re.

n'imprimez-vous et n'envoyez-vous un exemplaire de l'*Imitation de Jésus - Christ?* Que votre philosophie ne s'effarouche point de cette proposition. Un grand philosophe dont vous ne sauriez récuser l'autorité, Fontenelle avait écrit sur le frontispice de ce livre : *Le plus bel ouvrage qui soit sorti de la main des hommes, puisque l'Evangile n'en est pas.* (1)

Dans les anciennes républiques, à Rome entre autres, la loi avait établi des censeurs de mœurs. Pensez-vous que si quelque écrivain semblable à Voltaire eût offensé la religion de l'état et les mœurs publiques, Caton eût gardé le silence ? (2)

La censure des mœurs serait-elle donc si incompatible avec l'esprit d'un gouvernement représentatif? Et quand nos écrivains, nos orateurs, nos publicistes libéraux se montrent si passionnés pour les républiques, oseraient-ils repousser une institution toute républicaine ? (3)

Que m'importe que votre Voltaire soit sur beau papier, imprimé avec une sorte de luxe ! un méchant en vaut-il mieux, parce qu'il est bien vêtu ? et pu'and une

---

(1) Qui vous a dit que je ne publierai pas l'*Evangile* lui-même, quoique beaucoup de gens le trouvent trop philosophique, et surtout trop libéral?

(2) Vous voudriez des censeurs de mœurs ! sans doute on ferait bien de les choisir parmi les rédacteurs du *Drapeau blanc*, quoiqu'à vrai dire, ce ne soient pas des Catons.

(3) Les publicistes libéraux n'aiment point les institutions républicaines de l'antiquité, quand elles leur sont proposées par les publicistes de la féodalité.

courtisane se pare, n'est-ce pas pour m'attirer plus sûrement dans ses piéges ? (1)

JOURNAL DES DÉBATS.

Lorsque M. Touquet imprima avec profusion *la Charte à un sou*, on se permit de soupçonner les intentions de l'éditeur ; il sembla que, pour un simple particulier, il y avait plus que de l'affectation à se faire le distributeur banal d'une loi qui se trouvait déjà partout, et sur laquelle personne ne pouvait prétexter cause d'ignorance. Certes, la Charte qui est la règle commune de nos devoirs politiques, ne peut jamais être trop répandue ; mais on avait remarqué que M. Touquet avait d'abord débarrassé de son préambule l'édition qu'il en publiait, et s'il l'a rétabli depuis, il a été permis de penser que cette restitution tardive était une concession peu volontaire, motivée par la nécessité de repousser les reproches que lui avait d'abord attirés sa singulière réticence. (2)

Les productions sorties des presses de M. Touquet, postérieurement à la Charte, n'ont pas servi à dé-

---

(1) Si cela vous importe peu, cela importe beaucoup aux amateurs d'éditions propres et correctes.

(2) D'abord, je ne vois pas comment il peut y avoir de l'affectation à imprimer et à répandre la constitution par laquelle nous sommes régis. Je ferai ensuite observer à M. le Rédacteur qu'il reproduit une assertion mensongère sur la suppression du préambule de la Charte. Le *Moniteur* qui, dans le temps, répéta cette fausseté, eut au moins la justice de la rétracter. Comment le *Journal des Débats* vient-il l'exhumer après un an, lorsqu'il est si facile de s'assurer du contraire ?

truire les soupçons que l'on avait conçus sur les véritables desseins de son éditeur. Un homme qui publie presque en même temps quatre éditions des OEuvres *complètes* de Voltaire (1), est-il bien l'ami sincère de cette Charte qui, en proclamant *religion de l'État* la religion catholique, n'a pas entendu sans doute que l'on propageât sans mesure des écrits qui ne respirent que haine contre cette religion, mépris de ses dogmes, de ses rites, de ses ministres, des écrits où la morale publique est constamment insultée, les principes de l'autorité méconnus et avilis, où enfin tout ce qu'il y a de plus respectable parmi les hommes est livré à la dérision et à l'outrage? Est-ce un ami de la Charte, de ce pacte d'union entre tous les Français, que cet homme qui, par une distribution trop habilement graduée, a mis à la portée des différens états de la société le poison de l'irréligion, de l'obscénité et de la licence, et qui, par la dégradation progressive des prix, a rapproché de la condition la plus humble, la plus laborieuse, la plus indigente, des ouvrages tellement infâmes que leur nom seul est un scandale, leur apparition un sujet d'effroi dans les familles, leur lecture la perte des mœurs et la mort de toutes les affections naturelles et honnêtes?

Ce n'était pas assez de publier un Voltaire *de la grande Propriété* (2), pour fournir aux heureux du siècle

______

(1) Bientôt il ne sera plus permis d'être partisan de *Voltaire* et de la *Charte* en même temps.

(2) Le VOLTAIRE *de la grande Propriété*, papier vélin superfin satiné ou non, couverture *rose*, se distribue par livraisons de 5 vol. chaque mois. Il en paraît trois livraisons. Prix : 20 fr., et 275 fr. l'exempl. comptant.

un aliment et une autorité à ces passions déréglées, dont les excès sont d'autant plus dangereux que la source en est plus élevée, et que la contagion des exemples descend avec plus de rapidité aux classes inférieures. Placés trop souvent au dessus des lois par le pouvoir, le crédit et l'opulence, c'est une idée sans doute bien salutaire et bien sociale de leur apprendre que le seul frein qui puisse les retenir, n'est qu'un tissu fragile ourdi par les mains de la superstition et de l'erreur, et de leur faire payer, un peu plus cher qu'aux autres à la vérité, mais cependant à un prix bien *faible* en comparaison *des avantages* qu'ils en retireront, un catéchisme d'indépendance absolue, qui les dispense de rien craindre, qui leur défend de rien espérer.

Il est une classe d'hommes industrieuse et active, dont toutes les pensées étaient jusqu'ici concentrées dans l'intérêt de leur profession, qui ne trouvaient de délassement que dans la jouissance douce et tranquille des affections domestiques, qui ne connaissaient de distraction aux affaires que dans le repos du jour consacré à la religion et dans les plaisirs innocens des réunions de famille. M. Touquet, armé d'un Voltaire *composé tout exprès pour le* COMMERCE (2), pénètre dans le magasin, assiége la boutique, et lance dans le comptoir les facéties du docteur Akakia, fort surpris de se trouver dos à dos avec un Barême; la

(1) Le VOLTAIRE *du Commerce* paraît également par livraisons de 5 vol.; il est imprimé sur papier fin d'Auvergne, et couvert en *bleu.* Prix : 15 fr. la livraison, et 200 fr. l'exemplaire comptant., La 4.ᵉ livraison est en vente.

mère , les enfans , les commis s'emparent des volumes
qui leur tombent sous la main ; grâce à M. Touquet ,
la philosophie gagne toutes ces têtes calculantes : Dieu
sait le profit qui en résultera au bout de l'année , et
combien les spéculations sur les rentes , sur l'indigo et
sur le café y auront gagné ; combien l'amour du travail
en sera accru ; combien les principes d'ordre , de su-
bordination , de pudeur et de modestie auront pris de
force ! La révolution est inévitable, et c'est à M. Touquet que la gloire en sera réservée.

Sommes-nous au terme des libéralités de M. Touquet ? Quoi donc ! aurait-il oublié de comprendre dans
sa prévoyante distribution *la petite Propriété* (1). Rassu-
rons-nous : les prix baissent par échelons avec la for-
tune ; et comme il y a du pain de différens prix et de
différentes qualités , du vin de guinguette et du vin de
restaurateur , M. Touquet a aussi des poisons pour
tous les états et pour toutes les bourses. Le membre

---

(1) Le Voltaire *de la petite Propriété* , imprimé sur vélin com-
mun, couverture *bistre*, paraît tous les dimanches , et coûte 42 sous
le vol. br. Le 30e volume est en vente. Il ne restait plus , des deux
éditions du Voltaire *de la petite Propriété* , que quelques exemplaires cartonnés qu'on vend 50 sous le volume, ou 170 fr. l'exemplaire, comptant; on se proposait d'en rester là. Les circonstances
nées de la publication de l'*Instruction pastorale* de M. de Troyes
et des attaques de certains journaux, nous ont déterminé à en faire,
au prix primitif de souscription , une 3e édition qui sera fournie
brochée aux souscripteurs , avec toutes facilités pour le payement.

N. B. Les trois belles éditions du Voltaire *du Commerce, de
la petite et de la grande Propriété*, marchent de front ; elles seront terminées à la fin de juillet ; elles seront complètes , dût une
censure de la librairie commencer, dès le mois de janvier, l'exercice
de ses nobles fonctions. Les ciseaux seront frustrés de leur proie.

du collége électoral de département n'aura point de
privilége sur celui du collége d'arrondissement , et
l'électeur à cent écus n'enviera rien à l'éligible. Les
maires des plus petites communes sauront à quoi s'en
tenir, aussi bien que les conseils-généraux de département , sur les sommes qu'ils auront à voter pour le
maintien d'un culte dont ils auront appris à connaître
l'utilité , et sur les égards qu'ils devront et à ses ministres et aux hommes religieux auxquels ils ont confié
l'éducation de leurs enfans.

Ce n'est pas tout encore ;

Le pauvre en sa cabane, où le chaume le couvre,

sera soumis aux lois ou plutôt aux bienfaits de M. Touquet. Oui, il y a un Voltaire pour *les Chaumières* (1); le
père de famille , qui n'a pas de pain à donner à ses enfans, trouvera le secret de faire des économies pour leur
acheter à un prix raisonnable *la Bible des aumôniers du
roi de Prusse* (2); dès lors , que de consolations pour
l'indigence ! quels motifs d'espoir pour cette classe
condamnée à porter tous les fardeaux de la vie ! quelle
compensation à leurs peines ! quels soulagemens dans
leurs travaux ! que de larmes séchées ! quelle source de

---

(1) Le Voltaire *des Chaumières* (édition *compacte* en 15 vol.
in-12, tiré à 8000 exempl., et que personne ne confondra avec la
triple édition sous presse en ce moment) est épuisé depuis long-
temps ; pourtant on le reçoit encore, quoique coupé, pour peu
qu'il soit conservé, en échange du Voltaire *du Commerce*; le prix
intégral de la souscription (30 fr.) en est précompté aux nouveaux
souscripteurs. On a remarqué avec peine que cette mesure n'a pu
jusqu'ici imposer silence à la malveillance, et que la calomnie n'a
cessé d'agiter ses serpens.

(2) Cet ouvrage se vend séparément 50 sous br. , et 3 fr. cart.

bénédictions et de prospérités pour ces asiles de la souffrance et de la misère !

Allons, M. Touquet, du courage! ne vous arrêtez pas en si beau chemin ; encore un effort ! vous nous devez en bonne conscience le Voltaire complet à un sou , le Voltaire *des Vagabonds et des Mendians !*

QUOTIDIENNE.

DEPUIS un an le mouvement donné aux presses libérales par l'éditeur de la *Charte à un sou* ne s'est pas ralenti un instant. Les frères Baudouin, Fain , Belin , Bailleul, Lanoë, et autres typographes, ne cessent de noircir le *Vélin-Touquet*, pour alimenter l'officine de la rue de la Huchette. Au *Voltaire des Chaumières*, dont l'opinion des gens de goût a fait justice, nous voyons succéder une triple édition soignée d'un *Voltaire* complet en 75 vol. *in-12* (1), à l'usage du *Commerce*,

(1) On vend les parties détachées des différentes éditions de VOLTAIRE , aux prix déterminés au *prospectus*. Les ouvrages de cet immortel écrivain étaient distribués dans l'ordre suivant :

*L'Essai sur les Mœurs, etc. 5 vol.		Les Dialogues . . . . 1 vol.
*Le Théâtre. 9		La Henriade. 1
*Le Dictionn. philosoph. . 8		*L'Evangile 1
*La Bible. 1		L'Hist. de Pierre-le-Grand. 1
*L'Histoire du Parlement		La Législation. 2
de Paris. 1		Les Poèmes. 1
Les Annales de l'Empire. . 1		L'Histoire de Charles XII. 1
La Théologie, la Morale, etc. 1		La Pucelle. 1
La Métaphysique. 1		Les Romans et Contes. . . 2
Les Lettres en vers. 1		Les Épitres. 1
*Les Mélanges historiques. 2		Les Contes en vers. 1
La Vie de l'Auteur. 1		Les Siècles de Louis XIV et
Les Facéties. 1		de Louis XV. 3
*Les Commentaires sur Cor-		Les Mélanges littéraires. . 3
neille. 2		La Correspondance. . . . 20
La Physique. 1		La Table générale. 1

*Ce signe indique les parties déja publiées en tout ou en partie. *Voy*, au reste, pages 33, 34 et 35, aux *notes*, et le *prospectus* qui se distribue *gratis*.

de la *petite* et de la *grande Propriété*; nous avons déjà deux *Rousseau-Touquet* (1) , deux *Montesquieu-Touquet* (2) , un *Répertoire-Touquet* (3) , les *Constitutions-Touquet* (4) ; l'on menace , *pour leur rentrée* , les élèves en droit d'un *Pothier-Touquet* (5) ; enfin , et pour peu que cela continue, la librairie se fera désormais à la *Touquet, par* ou *pour Touquet.* Une faction a mis à la mode les *Editions-Touquet* ; et s'il faut en croire ses prôneurs, on fait queue de 9 à 4 heures pour aller les chercher dans un galetas au 4e étage. Nous reviendrons sur cette manie révolutionnaire ; nous examinerons de sang-froid (6), sous les rapports politiques et commerciaux, les opérations philosophico - typographiques du colonel de

---

(1) Les deux jolies éditions des Œuvres choisies de J.-J. Rousseau sont presque épuisées ; les 4 vol. de *Supplément* sont sous presse. Le prix de l'édition en 12 vol. est de 27 fr. br. ; celui du *Supplément* est de 9 fr. Il sera terminé avant la fin de l'année, par le motif indiqué ci-devant , page 23.

(2) La seconde édition de l'*Esprit des lois* , augmentée des *Tables* qui manquent à la première, a été mise en vente le 15 septembre. Cette édition originale a *seule* le mérite d'offrir, *rapprochées du texte* , les objections des critiques, les notes de l'auteur, et les observations d'*Helvétius, Voltaire* et *Condorcet.* Prix de l'ouvrage de plus de 1000 pages d'impression *in-12* , caractère *petit texte* , notes de *mignonne* , avec le portrait de Montesquieu : 7 fr. 50 cent. br. , et 10 fr. par la poste.

(5) *Voyez* page 26 , note 2.

(4) Nous n'avons encore pu donner que la CHARTE que nous continuons de distribuer *gratis.* C'est la 5e édition.

(5) Le POTHIER *complet* sera publié par livraisons inégales à compter du mois de décembre, et sera terminé avant la fin de l'année scholaire. Prix : 60 fr. — L'édition *in-8°* coûtera moitié en sus.

(6) Il sera curieux de voir la *Quotidienne* de sang froid.

Waterloo ; le but de ces spéculations patriotiques n'est déjà plus un secret (1) : l'Espagne fait une grande consommation , et les propagateurs de l'épidémie révolutionnaire profitent largement de ce que le gouvernement espagnol s'occupe exclusivement de repousser la peste qui menaçait Barcelonne.

GAZETTE DE FRANCE.

Voltaire-Touquet.

Il y a à Paris un petit quartier un peu ancien, un peu mal bâti, un peu triste et assez malpropre ; il y a dans ce quartier une petite rue un peu étroite, un peu obscure, un peu misérable et passablement sale. Il y a dans cette rue quelque chose de plus sale que tout cela ; c'est un atelier appelé du nom de son

---

(1) Comment le but de mes spéculations pourrait-il être un secret ? D'ailleurs, s'il en eût été un, je me serais empressé de le confier à la *Quotidienne*, pour être sûr qu'il fût bien gardé. Je veux populariser dans l'univers les ouvrages des grands hommes dont la France s'honore : voilà tout mon secret. Oui, dans l'univers, MM. de la *Quotidienne*, ne vous déplaise. Je reçois des demandes de toutes les parties de l'Europe, j'en reçois d'Amérique, j'en reçois des Indes orientales. J'en suis fâché pour vous, il faut vous résigner au triomphe universel des lumières. Vous ne pouvez empêcher Voltaire et Rousseau d'avoir plus de lecteurs que la *Quotidienne*. Le nombre des leurs ne peut qu'augmenter, celui des vôtres ne peut que décroître. L'enseignement mutuel multiplie les lecteurs futurs de mes éditions, et les frères ignorantins eux-mêmes, entendez-vous, ne font que d'en recruter de nouveaux. Hâtez-vous donc, MM. de la *Quotidienne* ! Si vous n'y mettez ordre, je recevrai bientôt des demandes de Constantinople.

propriétaire : *Atelier-Touquet* (1). C'est là que l'on fabrique, *à coups de ciseaux* (2), des éditions économiques de tout ce que Voltaire a écrit de plus honteux et de plus sale contre la religion, les mœurs et les lois. Il y a de ces éditions à tout prix. Vous trouvez celles de la *grande Propriété*, de la *moyenne Propriété*, de la *petite Propriété* (3); on annonce aujourd'hui celle des *Chaumières* (4). Nous attendons incessamment celle des *Mendians* (5). Les personnes charitables pourront s'en procurer pour faire des aumônes. Le pauvre qui s'attend à recevoir un morceau de pain, sera bien plus satisfait, lorsqu'on lui mettra dans la main un volume de Voltaire, dont le nom se trouve accolé à celui de M. Touquet.

Érostrate entreprit de s'illustrer en incendiant le temple d'Éphèse ; Voltaire fonda sa gloire sur le ren-

---

(1) Il est possible que la rue de la Huchette soit assez étroite , assez obscure, pour être traitée avec dédain par les journalistes de la rue Christine. Je ne prétends pas que l'*Atelier-Touquet* soit plus propre que celui de la *Gazette*, quoique je fusse peut-être assez fondé pour cela. Tout ce que je dirai, c'est que ce qui sort de l'*Atelier-Touquet* vaut mieux que ce qui sort de l'atelier de la *Gazette*.

(2) La *Gazette* radote, à ce qu'il paraît ; si j'employais des ciseaux, on ne fulminerait pas contre des éditions complètes. La *Gazette* voit des ciseaux partout, parce qu'elle ne peut rien faire sans cela.

(3) Tout cela est fort inexact ; *voyez* les *notes* des pages 53, 54 et 35, ainsi que l'article du *Journal des Débats*.

(4) Il ne s'agit plus aujourd'hui du VOLTAIRE *des Chaumières*: où la *Gazette* a-t-elle l'esprit ? *Voyez* la *note*, pag. 56).

(5) Voilà qui est réchauffé du *Journal des Débats*; la *Gazette* ne pouvait-elle trouver autre chose?

versement du christianisme ; le temple fut rebâti, le christianisme est encore debout. Mais Erostrate et Voltaire n'en sont pas moins célèbres. Voilà ce qui a empêché de dormir M. Touquet. Emule de leur gloire, il veut arriver à la renommée par la même route ; et, n'ayant ni leur courage, ni leurs talens, il se borne à ramasser çà et là les tisons du foyer qu'ils avaient allumé, dans l'espoir de le rallumer encore. M. Touquet ressemble au manœuvre qui meut avec les pieds les soufflets d'un orgue, et qui dit ensuite en s'essuyant le front : « Nous avons joué là un savant morceau. » Ne pouvant monter en croupe sur le Pégase de Voltaire, M. Touquet se suspend à sa queue. Il veut s'élever, n'importe par quel moyen (1).

M. Touquet ne réussira pas dans son projet ; il gagne de l'argent (2), soit : mais richesse n'est pas vertu ; le sentiment que la postérité lui accordera sera le contraire de l'estime. Il n'aura fait d'ailleurs que de vains efforts. La religion et les mœurs résisteront à ses attaques, à ses mines, contre-mines, et à ses éditions *à la Congrève* (3).

Ce n'est pas que M. Touquet ne s'y prenne fort bien pour bouleverser toutes les consciences et l'ordre social qui en dérive. Il ne tient pas à lui que dans peu d'années toute la population de la France ne sache par cœur les chants plus qu'érotiques de *la Pucelle* et

----

(1) On dirait, au contraire, que les auteurs de la *Gazette* ne veulent point du tout s'élever ; ils y réussissent parfaitement.

(2) Ce n'est pas en livrant des livres au prix où sont les miens, qu'on gagne beaucoup d'argent.

(3) Voilà un mot digne de la *Gazette.*

les articles plus qu'impies du *Dictionnaire philoso-*
phique. Mais nous avons d'autres armes pour nous ; et
si notre législation n'empêche pas les mauvais livres de
circuler , le bon sens populaire les repousse.

Les Œuvres diverses de Voltaire furent imprimées,
avant la révolution , au nombre de deux cent cinquante
mille exemplaires. M. Touquet entreprend de rem-
placer ceux de ces exemplaires dont la morale publique
avait déjà fait justice. J'imagine que , dans vingt ans ,
il faudra que quelque autre distributeur de poison rem-
place à son tour les exemplaires perdus de M. Touquet, si toutefois la morale publique n'a pas fait justice , à cette époque , de la licence de la presse elle-
même.

Continuez , M. Touquet. Enrichissez-vous , si cela
est possible. On ne saurait vendre trop cher les ser-
vices d'une certaine nature. Une réputation de citoyen
estimable et d'ami des mœurs ne peut se livrer qu'au
poids de l'or (1).

---

(1) Si ce n'est pas une injure manifeste , je ne m'y connais pas;
mais comment s'offenser d'une injure de la *Gazette !*

Du 21 septembre. — Voici l'article promis par la *Quotidienne* ; il vient suffisamment à l'appui de la conjecture que j'ai avancée à la fin de ma lettre. Je reproduis en entier ce nouveau MANIFESTE; on ne m'accusera pas d'éluder les raisons de mes adversaires ; je ne crains point de mettre en présence le pour et le contre.

Les politiques qui se vantent de pressentir la nature des objets qui seront mis en discussion dans la session prochaine, parlent d'un projet encore incertain, au sujet de la réimpression des livres impies ou révolutionnaires. Nous n'adoptons aucun des bruits qui sont répandus d'avance ; mais celui dont nous parlons, vrai ou faux, a une importance qui sera généralement sentie. Il n'existe en ce moment aucune législation sur l'imprimerie et la librairie. Les publicistes du siècle ont la vue si courte, qu'ils croient avoir tout fait et tout prévu, en discutant la question de la liberté de la presse et l'appliquant seulement à des écrits nouveaux. De cette singulière imprévoyance il résulte que, de quelque manière qu'on entende la liberté de la presse, qu'on la soumette à des lois répressives ou préventives, les réimpressions des livres anciens sont affranchies de toute législation ; en sorte qu'un écrit scandaleux contre la religion, ou, comme dit la loi, contre la *morale religieuse*, tout appel ancien à la révolte, tout ouvrage funeste à l'ordre des états, peut braver hautement la conscience publique, et semer de toutes parts avec impunité l'impiété et la corruption. Peut-on imaginer contradiction semblable dans les institutions d'un peuple? Aussi qu'arrive-t il? C'est que chez la même nation où l'on voit quelquefois des pamphlets anarchiques subir les coups de la loi, on voit en même temps des écrits cent fois plus dangereux, protégés par le silence de la législation, répandre impunément l'esprit de licence et de trouble dans toutes les classes de la société. Tel poëme effrayant pour les mœurs publiques, qui serait, s'il était nouveau, proscrit par les rigueurs de la justice, se réimprime librement, et s'achète publiquement, parce qu'il a cinquante ans de date. Mais un tel exemple peut paraître vague; en voici un autre. Personne ne doute qu'il n'y ait dans les vastes écrits de Voltaire des doctrines outrageuses pour la religion de Jésus-Christ, des déclamations virulentes contre les prêtres, des détails pleins de licence contre les mœurs, des sentences enfin pleines d'impiété et de colère contre les dépositaires de la puissance publique. Imaginez un esprit pervers qui ait la pensée de recueillir tout ce que l'impiété a pu inspirer de sarcasme, de violence, de fiel et de colère à ce célèbre esprit; que l'on fasse un monstrueux assemblage de ce qu'il a enfanté de plus hideux; que l'on exprime ce qu'il y a de plus subtil dans le venin répandu dans l'immense corps de ses compositions philosophiques : il y a de quoi frémir à cette pensée ! Toutefois cette affreuse compilation est faite; elle se vend, elle est protégée, elle peut porter la corruption dans les familles, l'impiété au

fond des jeunes cœurs (1). Et la législation est muette !
et les hommes d'état ne songent pas à mettre fin à cet
affreux désordre ! Cet exemple est ce qu'on peut citer
de plus effrayant, et jamais il n'y eut au monde impunité plus scandaleuse.

Je sais bien que les prétendus philosophes vont rire
de ces paroles. Mais je parle aux gouvernemens , et je
dis qu'en principe de droit public, il est absurde que
ce qui est puni par la loi dans l'écrit qui paraît pour la
première fois, soit toléré dans l'écrit qu'un autre siècle
a vu naître. Si la législation donne au pouvoir un droit
d'inspection quelconque sur un ouvrage nouveau , il
est inoui qu'elle n'ait pas songé à lui conserver ce
même droit sur d'anciennes productions de l'esprit.
La *philosophie* peut crier à l'*ignorance !* c'est au contraire
parce que la *philosophie* est essentiellement ignorante ,
qu'elle ne sent pas ou qu'elle feint de ne pas sentir que
les lumières ne se rencontrent pas dans la corruption.
Elle veut pervertir les peuples et non pas les éclairer.
Nous dira-t-elle par hasard que l'entreprise mercantile
de ces spéculateurs qui jettent au peuple ce qu'il y a de
plus vil et de plus dégoûtant dans les écrits philosophiques , est une entreprise destinée à encourager
le talent et à propager l'instruction ? Les sciences
humaines auront-elles fait quelque progrès, parce
que des brochures de dix sous auront porté dans la
demeure du pauvre le poison de Voltaire et les turpi-

---

(1) Il y a mille contre un à parier, que MM. de la *Quotidienne*
n'ont pas lu l'ouvrage qu'ils dénoncent à l'autorité...... Le Voltaire
dialogué ne fait pourtant pas partie de la *Collection-Touquet.*

tudes de son impiété (1) ? Mais je n'ai pas à répondre ici aux corrupteurs et à leurs sophismes. Je répète que la législation sera imparfaite et même monstrueuse , parce qu'elle sera contradictoire avec elle-même , tant que le gouvernement sera contraint d'assister comme simple témoin de ces jeux de corruption publique. Qu'il rompe la digue qui arrête les passions actuelles , ou bien qu'il l'oppose à-la-fois aux passions anciennes , puisqu'il est si aisé de déchaîner les unes en laissant toute liberté aux autres. On ne demande pas que les écrits philosophiques soient condamnés à ne point sortir d'un éternel secret : tant de rigueur serait trop effrayant pour les partisans des lumières; mais il est juste et conforme au droit public qu'une réimpression ne puisse se faire, sans que le gouvernement à qui appartient essentiellement le droit de veiller sur soi, ne puisse examiner jusqu'à quel point cette réimpression peut compromettre sa sécurité. Il est difficile , sans doute , d'apporter toute la sagesse convenable dans des dispositions légales qui tendraient à concilier l'ordre public avec le droit d'impression. Mais au moins est-il pressant de reconnaître publiquement que ce droit n'est pas une propriété de chacun, qu'il appartient surtout à l'état, avant d'appartenir au dernier des spéculateurs ; et quelques difficultés que l'on éprouve à préparer une loi qui balance les intérêts du gouvernement, ceux des écrivains ou de leurs familles,

----

(1) Consignons ici qu'il n'existe aucun écrit de ce genre......... MM. de la *Quotidienne* font-ils le commerce de calomnies ou le métier *d'agens provocateurs* ?

et le trafic des libraires , la première chose à faire est de ne pas laisser vieillir l'usurpation de ceux-ci , puisqu'elle est évidemment contraire aux intérêts des familles et du gouvernement.

Je livre un peu précipitamment ces réflexions à la pensée du lecteur, incertain encore si le bruit qui y a donné lieu, finira par devenir une réalité. Alors la discussion de ces principes serait susceptible de nouveaux développemens : mais c'est toujours avoir appelé l'attention publique sur un objet utile, que d'avoir trouvé une occasion nouvelle de faire sentir la dangereuse impunité des réimpressions qui menacent la paix de l'état, l'ordre des familles, la religion, la morale et la royauté.   L........

FIN.

TABLE DES MATIÈRES.

FIN DE LA TABLE.